白湯

沖ななも
OKI Nanamo

北冬舎

白湯＊目次

三

五

装丁＝大原信泉

白湯

一

木のつごう

植え替えて根付きはじむる槇の木の新葉《にいは》古葉の陰に憩えり

切り株が切り株として在るゆえに腰おろす蹴る躓く撫でる

父が植え母が育てし庭木々の一本一本をわれが移植す

この年に二度も植え替えられたればひろうこんぱいの白玉椿

木には木のつごうがありてこの年は芽吹かぬと腹括りたるらし

父母《ちちはは》は生涯に二度家を建つ何押し立つるこころざしなる

父の癖《へき》　母の流儀を少しずつないまぜにして今ありわれの

これの身に欲もなければ夏の夜のわずかに涼しき風をよろこぶ

ホモサピエンス

髪の色いよよ薄まる日本の若者の色素なお薄まるか

フランスは外硬内柔イギリスは痩身湿潤パンのことなる

母音ゆらぐ若者ことば杞憂することならねばと杞憂しており

無聊サンプルさしあげますとマヌカンのけだるき声が耳をかすめる

自己主張もここまでとなる氷片の身のしどけなく溶けゆくばかり

健康にならねばならぬという病《やまい》サプリメントにのばす片腕

すこやかにわが身やしなうヨーグルト　豆腐　白米　北アルプスの水

人間の器官とあれば病むこともあらん百歳の子宮も乳も

有効期限あるのかないのかくすり箱にしまわれてある百薬媚薬

花粉症　ヘルペス　アトピー　業病をうみつづけいるホモサピエンス

社会保障年々減りゆく民草といや太りゆく僕《しもべ》とがある

生あるもの

秋の歯にこころもとなくおきうとの骨も髄もなきこの舌ざわり

おきうとは夕凪の味　舌の上《え》にひったりと乗りゆるく広がる

死にたれば針も刃《やいば》も恐れざる烏賊が俎上に身《からだ》を伸ばす

一夜さを糠の中にて発酵し胡瓜一本及び腰なる

とこぶしの裏を返せば身をちぢむ生あるものは恐れを持てり

鰤起こし

一撃の鰤起こしふいに鳴る夜半《やはん》鳥よ翼をゆるめるなかれ

茹でたての甲羅をぐいとはがすとき吹雪はじめる北陸がある

国ざかいというは海上にんげんの決めしあたりに潮目たちたる

地の下の六十キロからもりあがるエネルギーありてわれは揺らるる

ぎしっと、大気動かぬ夜半にして尋ね来る微粒子のような音たち

雨つぶが雨つぶさそいおりてくる地上に楽しきものがあるのか

うつつ

日にぬくむベンチに老いは金輪際立つことはないというごとく坐《い》る

老人といわるる男うつつより一寸ほどの外周におり

おうと言いやあと応えて男どち甲乙あらぬ頭《ず》の明るさは

痩身をさらして猫が歩みおり髭から尾まで猫であります

言いたいことがあらば述べよ擦り寄りて上目づかいにわれをみる猫

猫どもに何の関わりあるものか折り合いわるき隣どうしの

しかありて終《つい》に向かうか虚偽、妄想、猜疑、執着、強めて彼は

美しく死なんと言うは易かれどならばいさぎよく死んでみせよ

バスを待つきのうもバスを待ちおりき思えば一生《ひとよ》待つばかりなる

四天王広目天の凝視する先に何ある空《くう》に何ある

ネクタイの細き片端ついについに日の目を見ずに果ててしまうか

よごれ

何万の細胞死なせ生きて来《こ》し二万一千九百十五日目前《もくぜん》

こすればとれるほどのよごれに屈したるわれと思えり唇乾きつつ

五本指靴下履かんと薬指小指は手を添えやさしくはかす

くずおれて床に臥すときワックスの塗りそこねたる荒涼が見ゆ

ことごとくわれの枯らしきこの春に芽吹かぬままの植木鉢いくつ

蟷螂の鎌振りあぐる形相をしげしげと見つ塞ぎの虫が

立入禁止　入ってはいけません　入らないでください　命令は懇願となる

センサーが感知して玄関の灯がともる人も野犬もわけへだてなく

山の暮らし

トンネルをぬけてトンネルに入《い》るせつな太古へつながる川が光れり

ねんごろに石を積み植木《き》を刈り込みて山の暮らしもねんごろにあり

大根も布団も豆もばあさんも干されて棚田の秋はぬくとし

花と雷

ほっと咲きわっと開きてありったけの力をみせる枝の先まで

はなぐわし桜は未《いま》だ　しこうしてついに逢わざる人ひとりある

雲流れ時逝き風も雨も過ぎ深々とある剛毅なる根の

無住寺の何がいざなう石段のつづくかぎりは登らんとせり

ともに見る人もあらねば桜《はな》の辺をいっときめぐりひとり戻り来

桜咲き散りそむるまでのみじかさを人も言いわれも心惑いす

万有のことわりかくや散りしのち細かき雨がはなびらを刺す

雷鳴のぐわっと響きがりりっと轟きかなたりゅうと昂ぶる

去《い》にしかと思えどときにはたたきてごうぐわと鳴りごろと転がる

大いなる饗宴ののち草木《そうもく》の蘇るべし甘雨となんいう

一輛の電車が通り風ばかり残さる鉄路のきわに佇つとき

日ぐらし

朝夕に目薬をさす目薬にうるおう眼《まなこ》ふたつをもてり

目薬をさせば海面《うなも》を漂えりひかりながるる水のおもてを

よりかかるところを探し背をもたすしこうしてわれの今日はありたり

おきざりにされし自転車みずからはころがることなく日暮らしを在る

自転車によりかかられて槻木《つきのき》のすこしく機嫌を損ねるらしき

夕空をとびきて鳥の影ふたつ地に降りんとしふと失速す

父も母もましてや祖父母も世にあらずあられまじりの雨を見ており

ほってりと微熱のつづく春の夜この家《や》に体温を持つものひとり

豆大福ひとつを食《とう》べあまりたる一つを供う仏の母に

羊など数えぬうちに迷い込むなにやら冥き眠りの道に

白壁は白い光をかえしつつ誰の夢にかひそみておらん

宮澤賢治が歩いて来ると見ていしがふいと屈みて石を拾えり

母の翼

老い母が亡き母にかわり三年《みとせ》過ぐ死ののち老いは重さを持たず

肩甲骨を貝殻骨と言い慣らし母の翼はふたたび搏《う》たぬ

五年もの三年ものとしまいおきまったりとなる母の梅酒は

玄関に一足の靴が置かれあり永遠《とわ》に不在の父のかたちの

床《ゆか》におろす二枚の蹠《あうら》素足にてさまよいいずるたましいもある

否応なき二里の歩行が精神の鬱を晴らすということのあり

深爪のうずく右手にシャッシャッと米磨ぐせつなのこの快楽は

誰に言うことにあらねど塩トマト濃厚なるをよろこびとなす

微量なる電流を身はよろこべり疲労物質積もりしときに

錠剤をふたつに割りて呑まんとすおそれつつ呑むその半分を

錠剤のわれにほどよき半分にときおり頼る眠らんすべに

水鳥の羽毛の暖の恩恵に謝して白川夜舟にたどる

二

天寿

安寧な昼寝の母の寝息かと蜂の羽音の近づき遠のく

耳うとき母のしぐさや三毛猫のふりかえるときのたゆきまばたき

笹の芽はきしきしと伸び人の子はふくふくと笑む五月の園は

どことなく形くずれて桐咲けりほうと息はく坂の半ばに

通草《あけび》　郁子《むべ》　風船葛　時計草　からみつかせて人住まう家

雑草も意地を見せたり指をもて引かんとするに根までは抜かせず

雑草と呼ばるる蚊帳吊《かやつり》草原っぱに天寿まっとうして黄ばみゆく

凡庸なる人間なればありふれた人間のまま老いるが常道

児の声を聞かなくなりて町内の訶《か》梨《り》帝《てい》母《も》やや年たけにけり

身の程をしらぬ山百合一人では直立できぬほどに伸びたり

台風の去りし狭庭に咲かすべく百合はつぼみを高くかかげる

となり家の屋根にかぶさる曇天とみあげればわが家《いえ》にもかかる

一生に一度

外は雨さはさりながら一日の二十四時間に遅速はあらず

曇りのち　時々　一時　いかにせん雨につながる六月の天気《そら》

宵からの雨が一途に降りつづき煙《けぶ》りふかめてそこここ隔つ

雨脚にからめとられてふくらはぎ進退きわまる仕儀に落ちたり

わが家《や》からうっすらもれる光あり帰り来し身に添いくるごとく

嘴太《はしぶと》がくちばしをもて破りたるビニール袋の中の今様

その顔で生きてゆかねばならぬかと水面《みなも》にうかぶ蝦蟇の子を見つ

一生に一度は死ねる人間と同じ権利を持てり蚯蚓も

親が子を殺しこどもが親を殺す通りがかりにも殺すこの国

水

天つ水　真水　湧き水　細水《さざれみず》　ことにうれしき復水《おちみず》となん

いずこからいずくへ行かんその途次にふと沁みいでて霊水となる

地の底のたかぶる思いか噴き出でぬ荒く豊けく潔く怪しく

りゅうりゅうともりあがりくる湧き水の本領みたり清水は力

暗しとも朗《ほが》らとも見つ　水の態《さま》　立水《たちみず》生水《きみず》とうめいの水

てのひらに掬えば水は生命線運命線をつと輝かす

清水《せいすい》に喉潤すに居ずまいを正さんおもい心に生《あ》れく

湧きいでてあふれ流れてとどまらぬ水追うこともあらざり今は

豊後竹田

武家屋敷の後方《しりえ》山間《やまあい》ひそかなる祈りの場あり豊後竹田は

祈りとはかくも隠微に湿りたる快楽やある人に隠れて

幽明

人の背を見つつ歩めりどこへ行く道かは知らず人の背に従《つ》く

目的は歩くことにほかならず歩かんために歩く人たち

彼女のあの体重を支えいるのかと涙ぐましくハイヒール見つ

胃も腎もむろん大腸小腸もおさまりいんか身の薄き乙女

「目力」をあげんとばかり目のふちを細ペンシルで隈取るおとめ

ふみきりを渡りおえたる道の辺に立葵咲く去年のところ

頼るところ得たるか倒れし風船かずら倒れしところの草に絡まる

朝夕に花を見んとてねんごろに朝顔植えぬ夕顔植えぬ

力なく伸びなずみいし細つるのおさめどころを知らぬ朝顔

朝夕に水遣り声をかくれども実らぬものはついに実らぬ

われのほか生くるものなき家内《いえぬち》に風の音する　水の音する

身周《みめぐ》りの大気となりし母のため香焚くならい朝な夕なに

門の辺にともす盆の灯厳として幽明分かつわれと母との

父の墓母の墓との区別なく一対の花一対の香《こう》

和服一枚縫い目開きてほどきゆく母の手わざを逐一たどり

情《こころ》瘦せて八月は過ぐ雷鳴を遠く聞きつつ眠りにつけば

身の嵩

小鳥来て何かついばむ裡からのこの欲望を隠さんとせず

電柱に向かいてしばらく立ちていし男がやおら登りはじめぬ

スーパーの袋をさげて歩み来る敵将の首を下ぐるごとくに

三日間の連休にわが為したるは大袋三個のゴミ出ししこと

働いても働いても楽にならざる国民を楽しませよと増ゆる「国民の休日」

カレンダーめくらんとして左隅におのず添いくるあわれ左手

いざ、さて、と感動詞副詞多くなりなかなか動詞はお出ましならぬ

「きゅうじょう」と打てば窮状と変換すわがパソコンは正直者なり

律儀にも最後のひとつまで咲かすゼラニウムその最後の一花

一匹の蟷螂死にき敷石のはざまにありて音なく死にき

時くれば葉を落とし身を細らせて息ひそめおり雑木林は

身の嵩をすべりこませて身の嵩の場を得る満員電車の隅に

いくばくか足らぬ眠りを補えり往きの車中帰りの車中

各《おの》も各《おの》も

山の端にとどかんとしていっときをいや光ります夕つ日の見ゆ

岩盤浴というと聞きしが石の上《え》に横たわりつつ汗噴くを待つ

生くる身の息の出入りや人も鳥も獣も烏賊もああ音を出す

ほうと吐《は》く息のごとくに各《おの》も各《おの》もに点すあかりの目下《まなした》にみゆ

安芸

あからひく朝《あした》の潮《うしお》　遠目にて朱《あけ》の鳥居の清艶のさま

ひりひりと満ち来る潮　安芸の国　いつくしの宮は浮遊しいたり

市杵島《いちきしま》　田心《たごり》　湍津《たぎつ》の姫命《ひめみこと》　安寧にあれ海《わたつみ》も陸《くが》も

島山を負いて息づくいつくしまの宮居ぞ露台の下のかがよう

晴天をたまわりてわれここに在り弥山《みせん》頂上四海を眺む

人ひとり通らぬ道あり安穏に横たわりいる新年《にいどし》のみち

平野

マフラーもコートの裾も長髪も風に吹かれて乙女が立てり

赤の枝白の小枝と咲き分けて石段に沿う古木の梅は

柿の木の下の明るさ冬の日のあまねく射して土よろこべり

どことなくのほほんとせる乗務員関東鉄道に乗り換えすれば

うつしみ

したがってと言い掛けてふと疎みたりはやばや帰結にみちびくものを

人生はなどと声高に言いかけてしたり顔せるわれかと思う

他人事《ひとごと》の愚痴をききつつ他人事と思うせつなの落葉《らくよう》を踏む

鼻炎とも風邪ともいいて逃れくる脳《なずき》の晴れぬきょうの会合

思わざるところに風の道ありて千両倒す万両倒す

摑みどころ見つからぬまま蔓どうしからみはじむる郁子《むべ》も通草《あけび》も

這いいでて殺されたれば蟄虫も悔い残るべし啓蟄まぢか

いつしらに固く拳《こぶし》をにぎりいるわれと気づけり布団のなかで

日に当てしふとんにい寝るうつしみの太股《ふともも》　腓《こむら》　臓腑　脳髄

てのひらに触るる違和感　指先につまめばあわれわれの髪の毛

よっこいしょと大きな甕をもちあげぬあけがたの夢の中なるわれは

ひまわりは泣くかと幼児《こども》に聞かれたりそうさひまわりも泣くときは泣く

目をつぶる終日ひたと目をつぶる見るべきものを見たるか彼は

花季

冬山に生木の裂ける音せりと語る男の口ひげの妙

角《かど》の家　路地の家にも香《か》のたちてそれと気づける沈丁花はや

植え替えの度重なれば獅子頭※今年は一年休むつもりか

※獅子頭＝椿の一種

ほつほつと梅のつぼみは吹きしかど塵紙のような花ばかりなる

大いなる椿咲きたりこの家の宝というべき花の咲きよう

二輪咲き三輪咲きてその後はくろずみ椿ついに開かず

一年のここぞいのちのひとしずく南斜面の白山桜

桜にはさくらの思いあるならん半月すぎて散らぬはなびら

風くれば風に誘われ散る花のそれもよからん自在にあれば

昼の予定夜の約束果たしつつ三月は過ぐ花季は過ぐ

頭《ず》を下げてひとりを送りうつしみの熱もつ身体《からだ》持ちて帰り来

あとさきのあれど誰彼　春疾風《はるはやて》　ゆきつくところはただひとつにて

三

自然《じねん》

「もってのほか」「会津身しらず」「ままかり」と食にかかわる命名あわれ

鴨南蛮注文しふと瞑目す鴨のいのちをいただく前に

腹の内まで見せてしまえば安からん南瓜半分俎板の上

四分の一の南瓜の断面の破顔と言える表情のあり

俎板の鯉ならぬ魚のなにがなし居直りの態、蒼ばめる態

自然《じねん》なる音はよからん風の音　瀬音　波音　赤子泣くこえ

まなぶたを引き上ぐる力の弱ければ電車にいねるソファーにいねる

がん予防卒中予防風邪予防インフルエンザの予防ぞ居寝む

右のことば左の会話がまざりあい濁り淀めるスターバックス

デパートの帽子売り場の婦人帽主《あるじ》とたのむつむりをさがす

「音度差」と書かれてあればうべないぬ男女《おとこおみな》の音に差があり

ポイントをためてもらいし携帯ラジオ棚の上から動くことなく

キャンセル待ちという言葉どことなくあやうくて日本航空のキャンセル待ちす

何事もなき

地下鉄のＡ２出口を出よという出れば糠雨《ぬかあめ》銀座尾張町

雨傘ゆ落ちるしずくの冷ややかさ遠い世の気をともないて来つ

何事もなき一日と記しつつかくれんぼうの鬼を思いき

口中にふくむのど飴の溶くるまで寡黙におりぬ幽かにおりぬ

三伏を乗り越えんとし朝な夕な黒酢大蒜《おおびる》卵油もそえて

「プラ」と「紙」分別しおり鴉鳴き犬吠え雲の垂れくる朝《あした》

去るものは追わずさりとてボールペン　ケータイ　眼鏡　財布おまえもか

道の辺の蓮華《れんげ》躑躅《つつじ》のかえり花還らぬものの多き此の世に

外国《とつくに》の王様が買いてゆきしという霊柩車がつと角曲がりくる

一夜にて鉢の山椒を食い尽くす虫あり虫も香気《こうき》を好む

飼い主にしたがう犬が家々のこぼれ灯拾い夕暮れを行く

見沼・秩父

見沼

もえぎいろ杏あさぎいろそちこちに蕗の姑笑《しゅうとめ》いころげて

虫の一歩鼠の一歩ひたすらに歩《ほ》をすすむ生きとし生けるもの

あんなにも高く飛ばずもよからんに雲雀は空に姿を没す

褐色の鴨の一羽が首伸ばし陽を食《は》まんとす全《また》き夕日を

帰りきて告げんひとりもあらなくに翡翠《かわせみ》の碧《あお》をつぶさに覚ゆ

足首をついと取られて畦道の中ゆ魔性の草伸びてくる

おかっぱが野の路をゆくぎこちないスキップ二つの果てに駆けだし

蔓を伸ばし花もさかせて郁子《むべ》の木の一心不乱の春の進軍

もやだてる見沼用水西の縁《へり》伸びん思いの今年竹はも

どこがどう違うか野に生う種種《くさぐさ》の鴉野豌豆と雀野豌豆

川の辺を占めてすゝずめのいゝいゝんどうの天下統一ここに果たしぬ

大地には余白はあらずきんぽうげじしばりいぬむぎすずめのてっぽう

*

秩父

急ぎゆく理由もあらずしかれども急行あれば急行に乗る

空席の多き車輛に運ばるる長瀞《ながとろ》野上《のがみ》をすぎて秩父まで

ここんとこちいと寒くなったいねえ腰の曲がりしひとの口調は

稜線をあいまいにして立つ武甲《ぶこう》山予報どおりに朝からの雨

生

昨夜《よべ》咲きし夕顔がきょうあかときに咲く朝顔に会えずに萎えて

クレマチスつぎつぎ開きつぎつぎつぎと咲きおさめたりたちまちのこと

咲きそろう鉄線九輪いっときの遅速のありて濃淡のあり

一週間雨の降らねば命終におびゆる細葉《ほそば》風船かずらの

九十《きゅうじゅう》歳逝き八十五《はちじゅうご》歳逝きこの次はどっこい順にはゆかざるものにて

しまいまで使いきりたるボールペン達成感もてごみ箱に捨つ

湿り気の残るスリッパひとつあり生あるものの一つなる家

認知症は認知できざる病にて臭いものには蓋の原理か

白梅という土佐の包丁鈍いろに光りてわれの覚悟をただす

包丁はわれの手技《てわざ》の勘所《かんどころ》　菜切り　柳刃　出刃　小包丁

この夏は花火も祭りも行かざりき何にすねるというにあらねど

日日《にちにち》

ぼんやりと眺めておりぬ街を行く男の歩幅女の歩幅

帰るさのすずめいろどき男とも女とも見ゆる人に従《つ》きつつ

笑顔にて近づきて来る男あり笑顔のままに通り過ぎたり

知りません忘れましたという顔に猫が垣根をくぐりて去りぬ

鼠といい鼠を捕らぬ猫といい「飽食の世」をふつふつ太る

二階から一階へ降り無為にしてとってかえせり日に二度三度

ポケットをさぐれば細かい砂に触るどこの砂とも知れぬ白砂

鍵穴へ鍵さしこめり己が家の証かかちりと音して回る

繕ろわんいとまもあらず日日《にちにち》のここが綻びあそこが破れ

百にあまる部品が適所に働きてわが自転車は快走をせり

バラストの石ころの貌　アルルカン　悪玉　幇間　二枚目　道化

フルネーム生年月日をうちあけて燃える血潮を採られておりぬ

さりながら独りは一人の行く道あり食う寝る自由死ぬるも勝手

死にたくはないが生きるのもめんどうとうそぶく毬《いが》のぱかりと割れて

AからBへ腎臓移し金銭も移れりいくばくBからAへ

新鮮な腎臓いかがと売りにくる時代くるべし遠からずいつか

都合により当分の間休診とぞ「都合」「当分」は伸び縮みせる

春

枯枝《かれえだ》に枯枝《かれえ》のごとき鳥わたり声もあげなくしばしを居りぬ

枯れがれの朝顔の蔓慈誨院重徳穏光居士の墓

朔日の花の咲きよう晦日《つごもり》の花の咲きよう日向水木《ひゅうがみずき》の

朝市に土筆並べて売るおうな春の女神はかく皺ばめる

土筆　芹　山葵《わさび》の新芽　蕗の薹　灰汁《あく》あるものを好めり彼は

ゆであげしわさびの新芽ぴしぴしと叩き打ち付け辛味うながす

帰りきてつらつらみるにどの枝も芽吹きの遅き我が家のさくら

おとといも昨日も水を遣りしかど鉄線の春はかわきて候

メタセコイアの間《あわい》を抜けて来る風に小鳥のこえも乗りくる春の

貝母《ばいも》には憲法もなく陽があれば日がないちにちほほえみくらす

春の魚《うお》一気に裂けば緊密な生《しよう》一式の臓器詰まれり

蕗味噌のひとつまみまたひとつまみまこと贅なる春のエスプリ

なっとうの引き売りがくる木曜日久保さんちの角で止まってしまう

ふつう

しのこせる事あるごとく虫くいの柿の葉いちまい枝に下がれり

一本の椿の根方にカタバミがひしめく誰も見てはくれぬが

見目《みめ》悪しき魚は味がよいというわが安堵することにあらねど

酸味あるいちごのつぶをひとつずつ口に運べりたがわず口へ

地獄へは持っていけないチョコレート思う存分食む現世《うつしよ》の

吾が死なば捨てらるると思う種種《くさぐさ》を後生大事にしておりまする

かにかくに生きこし六十有余年栄養失調虚弱のわれが

男来て「ふつうのブレンド」と注文す「ふつうの人生」歩み来しならん

*

樋口一葉

一つあてがみ二十三銭　ねずみ半紙三十銭也　駄菓子屋一葉仕入れの控え

「一戔賣一タアス」とは何ならん仕入帳なる一葉の手の

身売りとはまさに身を売る骨までも売りてしまえり吉原遊女

遊び女の骨の行方の浄閑寺白く小さいつぼに納まる

競馬《オークス》

イチゴイチエ　アイアムアドーター　センギョウシュフ　バロンカラノテガミの
競う春風オークス

いかなる思いの命名ならんセンギョウシュフ　バロンカラノテガミ

すっと一頭スタート間際に遅れたり騎手の弱気か作戦なるか

ぶっちぎりゼッケン一番おおかたの予想に反する走りなるらし

肢体ぐぐっと伸ばして勝てりハナの差クビの差二頭制して

しんがりを走りていしが競走馬の意地を見せたり栗毛逸足《いちあし》

一瞬に倍率が計算されゆきてたちまち馬名は蚊帳の外なる

コイウタという一頭ありて中山の十一レース終わるまで見つ

縁《えにし》

階段にするかエレベーターを使うかとふたことみこと交わせりわれと

「通り抜け禁止」と御上《おかみ》居丈高　滝田ゆうなら「ぬけられません」

コスモスは放っておいても咲きますと言われて植えぬほうっておかん

古物《ふるもの》と読めばがらくた錆釜を古物《こぶつ》と呼びて高値がつけり

山ふところに守られ暮らす家々のそのふところの浅きこのごろ

歩み来る犬も連れなる老人も自ずからなる笑《わら》い尉《じょう》なり

どうしろと言うのかこの犬どこまでもあとついてくる頭《ず》を撫でしかば

ついてきてもどうにもならぬと叱りたればそれでもいいという目をしたり

うぶすなの社

旧市街三叉路の右うぶすなの社がうすい青で書かれて

旧市街新市街地にあきらかな段あるごとく地図の色分け

雷電町は雷電神社のありどころくわばらくわらば広がるところ

しかあれど時はとどまることもなし君のうえにも我のうえにも

大型にのみこまれたる小のあがきここに断たれてシャッターを閉ず

*

越後平野

山ひだに日あたり秋の朝明くる越後はやばや秋を逝かせぬ

刈り取りのおわりし田の面《も》あますなく越後平野は秋の日を受く

ひこばえが高さそろえて生うる田の晩秋に入る越後平野は

平らなれば拓《ひら》け耕せ日本の民のこころのこここめどころ

靄けむる山のむこうにうっすらとみゆる山影《すがた》のあのせつなさの

わが肩に来て止まりたるひとつ蝶これも縁《えにし》と歩をゆるませる

四

蛾族

もの食むはさみしき営為一椀の飯《いい》と魚菜と汁と独語と

牛乳ののみどを通るあやうさにふと瞑目すわがあまのじゃく

今日と明日か昨日《きのう》と今日かこんとんと二日またぎて一冊を読む

パンプスが近づきやがて遠のくを窓越しに聴くせつなき音を

つらつらとおもうはわが家にほむらだつもの一つ無しろうそくともす

ひとところ明るむ自動販売機自転車バイクの蛾族を集む

牡丹雪降り始めしがたびら雪粉雪《こゆき》に変わる一晩かけて

考えて考えて流れはじめたり三和土《たたき》に垂れし傘のしずくが

値札みて買うをやめたるカシミヤの朱のセーターのあのやわらかさ

どことなくわれをくすぐるオノマトペお肌すべすべ血液さらさら

削除してもよろしいですかと慇懃に問いきしが消したものは返さず

行ってきますと背後の空《くう》に声をかけ何処へ行こうとしているわれか

日だまり

犬が行き猫が渡りてそのあとを枯葉と風が追えり舗道を

左手に風あり右手に空《くう》があり何もあらねと言うにはあらず

花びらも枯葉も老いも日だまりは集まりやすきところなるらし

用もなく歩くを誰もあやしむな〈散歩〉は文化の証にあれば

こんなところにこんな家があったかと散歩の帰路にまたふりあおぐ

正月はいずこに行かん何せんと先ある者の声は晴れやか

あきびんもそれはそれとて陽を返す一言《いちごん》申したきとう風情

晩秋と初冬のわかち夕ぐれがつんと鼻腔の奥をくすぐる

くされ声あまやかな声もつれつつ夜のとばりに消えてゆきたり

一所懸命も一生懸命もいのちがけ一所を守るが一生《ひとよ》の仕事

二十三センチ二枚の足裏を刻印すうちたたなわる風紋の上

図書館に八冊本を返したるのちのわが手は浮力を持てり

脇町の医家の書棚にひっそりとくすみていたる『英雄待望論』

乱雑に積まれたる古書は陽の射せば惰眠を恥じる表情をせり

風が運び鳥が運びてピラカンサ、山椒、柘植《つげ》の木おぼえなく生う

袖振りあう多生の縁のありし人地方新聞の隅にほほえむ

冬の日が猫の背中を撫でているゆっくりお休み手負いの野良よ

公園にベンチのあればゆるゆると吾より先に影がちかづく

「またおいで」空《から》の鞦韆がつぶやけり立ち去らんとて振り向くときに

ひとびと

わが首は縦に振るほうがたやすくてまたも財布を開けてしまえり

てのひらをふと開きたり人生を暗示するという溝刻まれて

「戦争を知らぬ子供」が親となり子供殺せり手段を問わず

浅見光彦　赤かぶ　タクシードライバー　今日つごう十二人死にたる

老人は従い幼子は導かれ成人の意志は権力をもつ

前進をするばかりなる飛行機に似ている宰相もかの隊列も

Eメールという不可思議なる交信の吾が人生にじりじり入り来

オペラ座には怪人が棲みわが家には座敷童が棲む先住の

私は、わたしはと言いて言いよどむ私とは誰だ　誰だわたしは

電子レンジであたためし飯は冷めやすく帰りたがらぬ夫も妻も

節電の目安にせんと電気式電気消費量測定器ある

単語登録しておきしかば沼空も鬱金も言語の地位獲得す

子供づれ女づれなることばあり親づれ男づれとは言わず

空《から》のままのぼりてきたるエレベーター「満員」点灯して凱旋す

独り

くさむらゆカサッと音して羽くろきひとついのちのとびたちゆけり

黒き実のつぶれて道に散らばれりみあげれば無垢の実のあまたあり

道の辺のクロガネモチの実の赤さひとりのわれの目に親しまず

おとといもさきおとといも一人にてあすもあさっても独りにあらん

そそりたつ東京タワーの脚脛《あしすね》のなみだぐましもかく尽瘁《じんすい》す

〈しらたまの歯にしみとおる〉寒の水知覚過敏というにあらずや

〈神経は死んでいます〉と歯科医師は告げたりわれの初めての死を

口腔の討ち死にしたる一本の隣る勇士が生きて痛みぬ

門扉なる一枚板に罅入りぬ風に百年雨に百年

三・五秒

目から口、胸へと視線移しつつ今日一日の構えぞこれが

カーブミラーにうつりし顔が我がものと気づくまでの間《ま》三・五秒

木となりてしばしを立てり道の辺に信号待ちをしているときに

永久に青にはならぬ信号の手前で足踏みしているわれか

還暦というがわが身にふりかかるかかる出会いを思わざれども

一人ごと言いつつ行けり樫の木に聞かれたかも知れぬ愚痴

笑いつつ順不同だよと言いのこし逝きてしまえり振り返らずに

生きて負う何ものもいま放棄せる新聞紙面の男六十四歳《ろくじゅうし》

一人分の燃えないごみを捨てにゆく梅の香りのただようところ

加湿器の吐き出す湯気のむこうがわ父の「ひかり」を買いに行くわれ

いちはつの枯葉除けば来年の芽が潜みおり刃のように

蓮台

いちめんの《デンデラ野》風ばかりなるデンデラ野背負われて姥の眺めし景か

背負われてデンデラの野をめざす姥捨てらるるはみな老女ばかりで

ほととぎす　たまむかえどり　ウヅキドリ　しばらく啼けりしばらく無言

風吹けば烏麦の穂かたなびきこのデンデラ野風ばかりなり

階段を素足にのぼる足裏にひたりと春のいぶきとらえて

目をつぶるときにみえくるものあらん晩春の野に影のみちたり

*

浦和駅

誰も知るな誰も覗くな浦和駅高架ホームの下の暗闇

帯状に高架ホームの明るめり夜に入りたる浦和の駅の

誰もおらぬひとときがある上りホーム〈天使〉のお通り〈悪魔〉も通る

十あまりつらね来し車輛《はこ》去りしのち上りホームに人の姿《かげ》なし

ひとつひとつの祈り

さくらばな咲くも咲かぬも一日の思いのたけを梢に点す

なかぞらへ伸ばす梢にかかげたるつぼみひとつひとつにいのり

咲きかけてふとためらえるさくらばな戻る寒さに身を固くせり

バス停にバス待つあいだ　※山　※彼岸　※虎の尾　※楊貴妃とかぞえあげつつ

※桜の種類

人ひとり降りて空きたる窓ぎわに春のひかりはのんびりと射す

掘り起こす水田の畦を歩みゆく泥の匂いにつつまれながら

いっしんにひとりの男の振り下ろす金鍬のさき春を耕す

木の匂い泥の匂いのたちのぼり畦を歩めり春のあぜ道

てっせんの花二つ咲き三つ咲き渾身という色に咲きたり

一族の花ことごとく咲かせんと枝をひろげて立つ山辛夷

細枝の末端一斉に蜂起せる民の気負いに咲く山辛夷

半年を咲きつづけきしシクラメンいまだに水欲《ほ》るいまだ勢う

つんつんと伸びて穂を出す麦の尖《さき》かぜをつかまえ光つかまえ

植えられて苗しずかなり水面におのれの丈の影を映して

辛気なるしごとのあいまにたのしめと八十八夜の茶をたまわりぬ

すずらんが咲きはじめたと告げんとし鈴《りん》一つ打つ線香たてて

忘れ物とりに戻りて来るごとき二度目の雨は耳だけで知る

生きの身のけがれを拒む力にてふりしぼりたるくしゃみのひとつ

咳三つくしゃみ七つを抑え込む白き錠剤ひとつのみこむ

よこたわる無為が病身を養えり一《ひと》日《ひ》を臥《こや》り回復をなす

チャドクガの跡なる穴が天窓のように光を集めておりぬ

五

やさしき時間《とき》

高々とかかげられたる朴のはな空行く遊子をいざなうかたち

遠世より来りし花か銀蘭のほつほつと咲く歩むさきざき

まかげして佇む人の影長く駅前広場の無聊のときを

知らぬまに熾《おき》となりいし榾薪《ほたまき》のふと燃えあがる春という季《とき》

ひとりという充足にありバス一台やりすごしつつ茜空見つ

砂にある微量の鉄が磁気力に身も世もあらず魅かれてゆけり

かすかなる記憶の底をほりおこし和毛《にこげ》をとばすわたすげの花

電極の陰と陽とをもととしてただよう落ち葉飛び散る落ち葉

ともどもに傘をつぼめて入りゆける一壺のなかのたのしみをせり

過去というやさしき時間《とき》を揺りもどしおとこおみなのあそびをぞする

ゆめの中に声を嗄らしていたりけり真っ赤な茱萸の実れるところ

ひと粒の薬を口にふくみつつふと瞑目す　わがひとりなり

窓越しにぼうと見ているきつね雨昨夜のことをよみがえらせて

生も死も混沌としておごそかにいとなまれるかわが狭き庭

五月の闇

桜散り花水木散りさつき散る窓辺に来るは鳥か戯《そばえ》か

大き息ひとつ吐《は》きたり葉桜の下かげみちを帰り来るとき

かうかうと水鳥鳴けりそこごもるこの世の五月の闇の深さに

ふらりと我が家に投宿したるもの捩花《ねじばな》　かたばみ　フランネル草

音もなく花開くときクレマチスわずかに空気をうごかすらんか

一つ親に生まれし一群《うから》かまきりは互いの鎌を警戒もせず

葉のうらはここちよからん虫の卵うみつけられて産みし親なし

茶毒蛾は生まれながらに親なし子折り重なりて孵らんとせる

いつの間にか降り出した雨に匂いありしばらくの間を目をつぶり嗅ぐ

遠くより近づききたる足音がまた遠のきて　さみしさ深む

八キロを歩きてきたる足の裏不平不満を言うあしのうら

風ばかり

恋ゆえに道を違えるものがたりしみじみ読みてほろほろと閉ず

あの人もかの人もすでに世にあらずわが過ぎ行きは風ばかりなる

人として生《あ》れたるわれの人として死にたきわれの生き方かこれ

人のこころ推し量る術のあらざれば笑ってみせるほかなくて笑む

語らずにおかんと思うひとつふたつ五枚の小鉤《こはぜ》をぱちっと止めて

のっぺりとなることありて揺り椅子の背もたれに四肢まかせて揺れぬ

東窓開ければ朝のひかりあると思えど開けず夢のなかなる

原っぱに独りとり残されている夢の景なるあるいはうつつ

夕映えの思いのほかに永ければ君の背《そびら》を見送りていき

わが庭についに実らぬ花あまた実をつけずとも共に老いんよ

木ばさみで一本の枝を切り落とす伸びん伸びたき枝切り落とす

明日

人知れず幹の内部を流れいる樹液のごときかなしみもある

赤松の明き樹皮《はだえ》に日のあたり無為なるものは迷いのあらず

冬が立ちまなく春立ち夏が立つ立ちつくすのはわれだけでなく

雌花雄花咲いても咲いても実のならぬ通草《あけび》を垣に這わせて住めり

これ以上老いぬ母なれ生まれ日の五月十七日写真古びて

いちはつの咲ききわまれば寂かなり庭の一角に神はいませり

日傘にも雨傘にもする六月のある日綾《あや》なす午前と午後の

近寄ればわれを感じてほんのりと灯るあかりにこころ寄りゆく

糊代《のりしろ》のあらぬ一日《ひとひ》の過ぎんとし洗濯物が夜気《やき》をまとえり

明日とはあしたになれば明後日《あさって》でついに摑めぬものの一つか

これでこそ赤子の本分　はばからぬ格調たかき夜泣きが聞こゆ

週一の巡回なればとうふやの朝のラッパをこころ待ちにす

半生

手のひらに受けたる水が指の間をこぼるるときのあのせつなさの

指さきに見えぬ傷あり八つ切りのレモン搾ればちくと咬みつく

母の亡きのちの時間のすぎゆきのこころもとなきからすうりの花

つきつめて思えば断念の半生ぞほっとりとして月明かり射す

五十年住みきし家屋《かおく》も家主《いえぬし》も家守《やもり》も家の風《ふう》も老いたり

うたたねの耳の底ひをゆるがして思わぬ近さに雉鳩のこえ

どこからか運ばれ我が家に芽生えたるひまわり萎えぬ立秋まえに

次の世は花を咲かせよ実らせよ立ち枯れひまわり黒く潰えて

石蹴りをする子の足のあたりよりおとろえはじむ晩夏のひかり

純白のぬきさしならぬ高砂百合かくおごそかに世を全うす

町と街、村と邑のちがいなど考えていて疲れてしまう

篠突く雨というにも強る弱るあり弱りしころに家に着きたり

雨の音はげしく弱く夜もすがら大脳辺縁系をおかせり

千メートル落下する水は霧になる激しきものは滅裂するか

ある朝

ぽってりとゆめのたまごのような白、朴は宝珠のつぼみを抱く

赤い花濃く赤い花知らぬ間に咲きてあばらやわずかに明る

蝶ひとつよろめきつつ来て肌あかき松の裏側にかくれてしまう

頭、首、肩、腕のへりを光らせて逆光の男自転車漕げり

どことなくこそばゆく前を通り過ぐ生涯学習推進センター

手かざしに陽をさえぎりて渡りゆくゼブラ模様は歩幅にあわず

学童の吹きつつ帰る笛の音《ね》は糸ひくように尾を引くように

目をつぶる目を開くつぶる再びを開かんとしてふと断念す

シャツの袖たくしあげつつさて何ぞ闘争本能も薄らぐ齢《よわい》

くちびるにとりにがしたる一しずくまっさかさまに引力に向く

日本の臍という饅頭いただけりなるほど少し曲がっています

白銅青銅ニッケル黄銅アルミニウム徒党を組むわが小銭入れ

使いかたに人品骨柄あらわるる鏡のようなものなり金は

かにかくに「金は天下のまわりもの」ときには素通りすることもある

クレジットカードばかりが横行し〈手数料〉という藻のごときもの

一本の毛糸をたぐりよせるごとやんわり嘘が引き出されくる

電子辞書、歌集一冊、喉飴を入れてバッグは形をくずす

新聞は死亡欄から読み始め「死ぬのはいつも他人」の気分

ある日ふとわれの訃報が載っている新聞があるたぶんある朝

つれづれ

黄牡丹のはなびらのうえにはなびらのうち重なりていのち終えたり

大木の容姿、古木のたたずまい、老木の相もある牡丹園

喬木のけやきはタクトを振るごとくしなやかに強く枝を揺らせり

ご自由におすわりくださいと書いてあるベンチに夏の光が坐る

水玉のブラウス赤いスカートがよぎれりわれの鬱屈の前

アイスコーヒー飲み終えしグラス引き寄せて氷の溶けし水すこし吸う

日の射さぬ隅をえらびて坐りしが覚めれば西日に照らされいたり

二十五度に設定すれば二十五度めざして羽搏き始むるエアコン

雲の縁《ふち》輝かせつつおもむろに傾きゆけるきょうの日輪

めったには電話よこさぬ人なれどたまにはキャンセルの電話かけくる

脳髄を輪切りにするというＭＲＩ檸檬の輪切りのごとく医師言う

人の身の痛みを担《にな》いてくれるという耳欠け神狐《しんこ》　耳欠けしまま

甘泉の源として岩垂るる水をふふめばまろやかにある

ひだる神

上からも下からも炎《ほ》に攻められて鯵の開きはほっとり焼ける

炊き上がる時間をしかと逆算しこの炊飯器利口者なり

紙の上に紙は置かれて交錯す机の上は戦場なれば

片付けよ整頓せよと誰かいう誰か知らねど従わんとす

血液を送りだすという音のする胸いだくとき腕《かいな》のなかで

もっちりと寄り添いて来るひだる神五臓のつかれをともないてくる

人知れず落ちゆく柿の実もあらんたましいのような赤い実ひとつ

すべらかな柿の実ひとつ食べようか描《か》こうかつるり撫でるてのひら

暗くなればおのずから身を明らめる門灯たよりにおいでくだされ

六時間の睡眠の間によみがえる細胞がある寝ねんとするか

つくづく

わがなづき羊の群れは渡りゆき明け至るころしんがりが過ぐ

涙してあやまっているゆめのなか誰にいかなる無礼をしたる

もの言わぬ礼儀知らずのまなこして猫ゆけり猫の作法は知らず

あっしにはかかわりのねえことでござんすと楊枝を銜《くわ》えたような斑猫《ぶちねこ》

いずこより来たるか秋津飛ぶことに一途なあきつ羽を休めよ

ボールペンの赤黒青を使いわけ保存・保留・廃棄とを別《わ》く

三色を一本に詰めしボールペンわがポケットの底に機を待つ

確実に「残り」の量《かさ》を示しつつ砂時計の砂すみやかに落つ

上尾筒《じょうびとう》重くはないか身の丈に余るをひきずることなく孔雀

槻木《つきのき》の枝が草生に影おとしことしの任務《つとめ》まっとうすらし

目をつむり雨音聞けり聴覚をそこなうものはことごとく閉じ

笑い皺が本皺となるこのごろの鏡の中の人のつくづく

相好をくずさぬ祖《おや》の居並べる白黒写真一枚のある

あとがき

前歌集『三つ栗』を上梓してから八年余、収録する短歌としては十年以上経ってしまった。母が亡くなり、所属していた「個性」が終刊となり、それに伴って「熾」を創刊した。そして師である加藤克巳が亡くなった。また親しい友人も何人か亡くなったりした。

この間、木の歌ばかりを集めた歌集や入門書を出したり、エッセイ集『神の木民の木』『季節の楽章』『明日へつなぐ言葉』『埼玉・地名ぶらり詠み歩き』を上梓したりしていた。これらは何年間か、どこかに連載していたもので、それぞれが纏まりをみせる時期にあたっていたこともある。そんなこともあって、本筋の歌集を上梓することにきわめて怠惰でいたと思う。

ようやく本気で歌集を出版することになり、あまりに纏まりがつかなかったので、二冊に分けることにした。本歌集『白湯』がその上巻で、引き続いて刊行する『日和』がその下巻という趣になる。

母が亡くなってからの十年、わたしの考え方感じ方が少し変わったように思う。肩の力が抜けたというか、日常の生活が大事だと思い始めた。凝った味付けではなく、白湯の味わいを好むような日常になったということかもしれない。あるいはこれが老いなのかもしれないと思うが、それも受け入れようという気持ちになった。

歌集出版にあたり、北冬舎の柳下和久さんにあれこれお世話になったことを記して感謝を申し上げたい。また、装丁の大原信泉さん、校正の尾澤孝さんにもお礼申し上げたい。

二〇一五年　盛夏

沖ななも

本歌集収録の作品は、「歌壇」「現代短歌雁」「埼玉県歌人会」「さいたま市民文芸」「星座」「短歌」「たんか央」「短歌往来」「短歌研究」「短歌現代」「短歌四季」「文芸埼玉」「梧葉」「埼玉新聞」「短歌新聞」「毎日新聞」「読売新聞」「熾」などに、２００４年（平成16年）—２００９年（平成20年）に発表した５１９首です。本書は著者の第九歌集になります。

熾叢書No.68

著者略歴

沖ななも
おきななも

1945年(昭和20年)9月24日、茨城県生まれ。74年、「個性」入会。83年、第一歌集『衣裳哲学』で第27回現代歌人協会賞受賞。94年、佐藤信弘と「詞法」を創刊。2004年、「熾」創刊、代表。主な著書に、詩集『花の影絵』(1971年、若い人社)、歌集に、『衣裳哲学』(82年、不識書院)、『機知の足首』(86年、短歌新聞社)、『木鼠浄土』(91年、沖積舎)、『ふたりごころ』(92年、河出書房新社)、『天の穴』(95年、短歌新聞社)、『沖ななも歌集』(現代短歌文庫34、2001年、砂子屋書房)、『一粒』(03年、同前)、『三つ栗』(07年、角川書店)、『木』(09年、短歌新聞社)、エッセイ・評論集に、『森岡貞香の歌』(1992年、雁書館)、『樹木巡礼』(97年、北冬舎)、『優雅に楽しむ短歌』(99年、日東書院)、『神の木民の木』(2008年、NHK出版)、『今から始める短歌入門』(11年、飯塚書店)、『季節の楽章』(12年、本阿弥書店)、『明日へつなぐ言葉』(13年、北冬舎)、『埼玉地名ぶらり詠み歩き』(15年、さきたま出版会)などがある。

白湯《さゆ》

2015年9月1日　初版印刷
2015年9月10日　初版発行

著者
沖ななも

発行人
柳下和久

発行所
北冬舎

〒101-0062東京都千代田区神田駿河台1-5-6-408
電話・FAX　03-3292-0350
振替口座　00130-7-74750
http://hokutousya.jimdo.com/

印刷・製本　株式会社シナノ

ISBN978-4-903792-55-2 C0092